PETITE CHRONIQUE SUR LE LYS D'ÉVREUX.

—o—◦❈◦—o—

A M. LE COMTE DE MONTALEMBERT.

——◦❈◦——

Monsieur,

Accordez-moi la permission de vous dédier cette tragédie, qui a fait assez de bruit dans le monde judiciaire. Vous ne la croirez pas indigne de votre suffrage, quoiqu'elle ait eu contre elle les feuilletons de M. Rolle. Si l'on s'en fût rapporté aux Scudéris et autres feuilletonistes du temps de Corneille, je vous demande, Monsieur, ce qu'on eût pensé du *Cid?* Encore, ces misérables critiques conservaient-ils une certaine bonne foi. Ils ne citaient pas, sans doute, les meilleurs vers de l'auteur qu'ils avaient la sottise de tourner en ridicule; mais tous ceux qu'ils citaient, il les avait faits. Trois arrêts successifs ont prouvé ceci : « Que je n'étais pas l'auteur des vers que m'attribuait ce M. Rolle », et ce fut là, certes, l'unique cause des procès que j'intentai, non pas à la presse, comme on l'a dit, mais au plus déhonté de ses écrivains.

Je voudrais, Monsieur, que vous connussiez le sort d'un auteur consciencieux qui veut débuter au théâtre ! Cela nous vaudrait un beau discours qui peut-être ouvrirait les yeux d'un Gouvernement qui néglige trop ces détails. Ce n'est pourtant pas le cas d'appliquer l'axiôme : « *De minimis non curat prætor,* » car les théâtres ont sur les mœurs une influence considérable. Il faut le dire, Monsieur ; tout semble calculé pour que leurs portes ne s'ouvrent qu'à des gens de métier, pour qui la dignité de l'art, le respect de la pudeur publique, sont une chose futile et dérisoire.

Il y a trois théâtres qui semblent destinés à la représentation des œuvres sérieuses, qui pourraient honorer les lettres : le Théâtre-Français, celui de la Porte Saint-Martin et l'Odéon. Qu'un écrivain qui n'a pas encore l'avantage d'être devenu célèbre aborde le superbe Comité du Théâtre-Français, ne vous imaginez pas qu'il aura des Aristarques, même des auditeurs ; il lira à des statues. Pour avoir l'air de gagner leur subvention, ces comédiens auront consenti à lui accorder une lecture, après lui avoir fait faire une année de démarches. C'est tout ce qu'il obtiendra d'eux. L'expérience seule peut donner l'idée de l'insolente froideur, du dédain sot et stupide que montrent en pareil cas ces prétendus juges. Ils ne discutent pas même, avant de prononcer. A peine l'auteur leur a-t-il adressé le salut d'adieu, que le mot *réfusé* sort à la fois de toutes les bouches. Reste le théâtre de la Porte Saint-Martin. Là, se trouvent à la tête de l'administration deux vaudevillistes qui se croient de grands hommes, et qui traitent les petits avec une rare impertinence. L'auteur leur écrira, mais lui répondre, fi ! cela n'est pas dans leurs usages. Force est donc pour lui de s'adresser à l'Odéon, théâtre souvent malheureux, peu fréquenté du public, et qui à l'époque où je présentai le *Lys d'Évreux,* avait M. Lireux pour directeur.

Quelle série de misères ! Ma pièce fut reçue, et, j'ose le dire, avec enthousiasme, mais en l'absence du directeur, qui regardait les membres du Comité de lecture comme autant de Welches, et prenait pour habitude de trouver mauvais tout ce qu'ils trouvaient bon. De là, anathème fulminé dans sa pensée contre le *Lys d'Evreux,* qu'il refusa de lire, ce qui m'eût paru un léger malheur, mais il refusait aussi de le faire représenter. Il fallut plaider, le droit et ma fermeté triomphèrent. La pièce fut mise à l'étude, mais Dieu préserve les auteurs qu'il aime de la mauvaise humeur et des rancunes directoriales. Quels décors ! quelle mise en scène !... Vers la fin cependant, forcé d'assister à une répétition générale, M. Lireux s'humanisa. Il reconnnt qu'il pouvait résulter de sottes conséquences du principe : *juger sans entendre*. Il admit que le *Lys d'Évreux* n'était pas un ouvrage dont la chute fût infaillible; il se repentit presque de l'avoir si mal apprécié. Deux ou trois jours après avait lieu la première représentation ! Ah ! Monsieur ! que n'y avez-vous assisté ! Quelle indignation, quel dégoût vous inspireraient les tristes attaques que je vais placer sous vos yeux ! Un succès d'amis ! dira mon antagoniste. Je suis plus heureux que Socrate, j'eus assez d'amis pour en remplir jusqu'aux combles la vaste salle de l'Odéon. Mais est-il vrai, d'ailleurs, que nos amis soient si disposés à nous applaudir ? Je sais qu'ils ne sifflent pas, mais ils baillent, et souvent à nos meilleures pièces. Qu'il était réel, qu'il était sincère, le plaisir que l'on éprouvait ! Des applaudissements continuels, et pas un murmure. Ceci, du reste, se reproduisit à toutes les représentations du *Lys d'Évreux*. Il faut bien que je le déclare, car on profiterait contre moi du sentiment de réserve qui retiendrait ici ma plume.

A très peu d'exception près, la presse me fut favorable; elle a bien changé depuis mon procès !

Il est des journaux qui ne sauraient faire un éloge. La presse compte dans ses rangs des écrivains trop prompts à se persuader que la critique consiste à baver et mordre. C'est une maladie d'esprit qu'il faut laisser à ces malheureux; on n'essaie pas de les guérir, par la raison qu'on les dédaigne. Mais s'il était un feuilletoniste dont j'attendisse une appréciation loyale et intègre, le croiriez-vous, Monsieur; c'était précisément cet homme dont j'ai été forcé de faire flétrir les mensonges et la déloyauté par des arrêts de Cours royales, c'était M. Rolle. J'avais eu jadis avec lui des relations courtes, mais amicales. Soit que le hasard m'eût favorisé, soit qu'en effet il eût toujours jusque-là respecté son caractère et sa plume, ce que j'avais lu de lui m'avait inspiré cette idée : « Qu'un critique existait, dont les conseils pouvaient diriger, éclairer un homme de lettres ; qui savait, en rendant compte d'un ouvrage, se proposer un autre but que d'amuser les abonnés d'un journal ; dont l'esprit surtout ne dépassait jamais la limite que la décence, que le goût des honnêtes gens assignent à la raillerie ». A l'apparition du *Lys d'Evreux*, il déclara cependant, dans quelques phrases dédaigneuses, qu'il ne parlerait pas d'une pièce jouée par autorité de justice. Ceci dut me surprendre. « Est-ce à moi d'apprendre à M. Rolle, me dis-je, quels obstacles hérissent le chemin du théâtre pour un écrivain qui vit loin de la presse, et qui n'a pas quelques grands journaux pour lui servir de pionniers ! Par autorité de justice ! Il faut bien que la justice intervienne, lorsque le droit est méprisé. Le *Lys d'Evreux* obtient du comité de réception droit à un tour de faveur, et le directeur qui dédaigne même de lire cette pièce et qui n'en prit connaissance qu'aux répétitions générales, en recule de mois en mois la mise à l'étude ; si on l'eût souffert, il l'eût fait d'année en année. Par autorité de justice ! Il y a donc flétrissure pour un homme de lettres, sitôt qu'il se sent de l'âme, sitôt qu'il parle ferme à celui qui prétend le fouler aux pieds, sitôt qu'il invoque, contre l'oppression, une autorité protectrice.

Ces réflexions, je me flattai de les faire goûter à M. Rolle. J'arrive, Monsieur, à la source de tous mes maux, à cette visite, que le *Constitutionnel* a racontée ou fait raconter par ses avocats, de vingt façons différentes ; à cette visite qui lui a valu trois condamnations !

Trois condamnations ! Quelques réflexions avant de poursuivre. Il y a eu des juges en France, pour donner raison à un atôme littéraire, et contre qui ? contre le *Constitutionnel !* Je ne m'étonne pas que la presse ait réclamé promptement l'intervention des Chambres. Rome est en péril. Il existe des lois contre la presse, et on les applique ! Juges imprudents, qui compromettent la liberté de la pensée, qui compromettent toute la charte !.. Ils ne savent donc pas que les lois contre la presse n'existent qu'à la condition de ne jamais servir. Qu'ont-ils fait ! Voici que désormais le public pourra s'imaginer que les journalistes sont des hommes, et qu'un feuilleton peut mentir ! La charte n'avait pas dit, sans doute, que **la** parole du feuilletoniste est inviolable et sacrée ; mais la presse **a**vait pris soin de suppléer à un tel silence. Tous les journaux ont marché, en colonne serrée, à la défense de ce principe et ils ne l'ont pas emporté ! Donc il est démontré que, les arguments, les passions, les flots de bile de toute la presse, peuvent avoir la valeur d'un fétu dans la balance de la justice. Et devant ce scandale, qui imprime une telle secousse à l'édifice de juillet, le ministère est resté silencieux, peut-être **a** osé sourire. Il ne sourira pas devant les Chambres. Vite une motion pour sauver la presse ! supprimez le droit de réponse, supprimez la Cour de cassation, supprimez la Cour royale d'Orléans, supprimez tout, excepté l'arche sainte, l'arche conquise au prix de tant de sang : la liberté du feuilleton !

Je m'écarte un peu de ma visite à M. Rolle ; ou plutôt, j'étends un peu trop les réflexions qu'elle me suggère. Il a prétendu, depuis, que lorsque je l'abordai, il s'était, dans une espèce d'Olympe, soustrait aux hommages et à l'encens... des auteurs. Cet Olympe, c'était la bibliothèque de la Ville, et le sanctuaire du dieu, un cabinet de travail, où précisément il s'occupait d'un feuilleton.

Rien de plus aimable, de plus affectueux que l'accueil de M. Rolle. Après les serrements de main et les paroles échangées pour renouveler connaissance : « Vous avez eu un succès, me dit-il ; plusieurs de mes amis m'ont parlé de votre pièce et avec éloge ; vous suivez la bonne voie ; on dit que vous avez du style, des scènes, des caractères, mais vous avez dû être bien mal joué ». Je défendis, et avec raison, certes, les acteurs qui m'avaient secondé de leur zèle. « Je vous réserve, lui dis-je, en lui offrant une loge, le double plaisir de tirer de l'ombre ces talents trop méconnus, et de réparer un dédain, qui, si mon succès grandissait, serait pour vous un remords de conscience. Vous verrez le *Lys d'Evreux;* vous en direz votre pensée; loin de craindre votre feuilleton, je l'attends comme une récompense; l'éloge d'un juge à la fois sincère et capable est quelque chose de si doux ! » — « Aller à l'Odéon ! répondit-il, vous ne savez donc pas que je veux tuer l'Odéon ».

Je vous conduirai, Monsieur, dans le champ des surprises. Ces paroles : « Je veux tuer l'Odéon ! » je les entendis le même jour, sortir de la bouche d'un autre feuilletoniste, qui passe pour avoir beaucoup d'esprit et qui en a peut-être. « Je ne parlerai pas de votre pièce, me dit ce monsieur, je ne saurais en parler pour en dire du bien, car je veux tuer l'Odéon. » Il ne tint pas tout à fait sa parole; il parla... Deux mots seulement ! une espèce de post-scriptum pour comparer au *Lys d'Evreux* le bœuf gras qui passait alors devant sa porte. Plaisanterie candide qui ne lui attira pas de procès. J'ai su depuis pour quelle grave raison ce pauvre théâtre avait encouru sa disgrâce. Il aime à dormir; une de ses prétentions, c'est de ressembler à La Fontaine, qui faisait cas d'un bon somme, mais qui était bien éveillé quand il écrivait ses fables, ce qui n'arrive pas toujours à celui-ci quand il écrit ses feuilletons. Or, la file de voitures qui stationnait le soir près de l'Odéon portait préjudice à son sommeil. De peu de chose, certes, dépendent les destins d'un homme de lettres. Voilà un feuilletoniste qui m'eût préconisé, élevé aux nues, si les spectateurs de ma pièce étaient venus à pied.

Quant à M. Rolle, son «*Je veux tuer l'Odéon*», provenait d'une autre source. Longtemps M. Rolle s'était posé comme le protecteur, le Mécène de ce théâtre. Aussi directeur, acteurs, régisseurs, concierge et souffleur, pensaient-ils d'après M. Rolle. Mais le public n'abdique jamais complètement le droit de penser d'après lui-même; il pensa qu'un certain *Comte d'Egmont*, mis par M. Rolle au niveau de *Mérope*, méritait d'être sifflé... Il le siffla. L'orage dura pendant tout le cours de l'existence de cette pièce infortunée, c'est-à-dire pendant trois soirées ! C'est à partir du décès trop constaté de cette tragédie, que M. Rolle s'écria :

Carthago delenda est. On s'étonna de ses fureurs; on ne s'en fût pas étonné si l'on eût su... Mais porterai-je un œil indiscret dans le secret d'une telle douleur ? je respecte les chagrins d'un père. D'ailleurs, M. Rolle, justement indigné de la profanation d'un tel mystère, me dirait : « Arrêtez, monsieur : la recherche de la paternité est interdite. Je ne suis pas le père du *Comte d'Egmont ;* je ne le suis pas légalement, puisque je n'ai pas reconnu mon fils. Que j'aie trouvé un ami assez complaisant pour endosser mes vers et ma chute, c'est un secret, monsieur, que vous devez ignorer, vous et le public ; la vie privée des citoyens n'est-elle pas murée ! » En parlant ainsi, M. Rolle aurait raison ; il n'en est pas moins vrai qu'il voulait tuer l'Odéon.

Moi qui alors étais beaucoup moins instruit que je ne le fus depuis, je l'étonnais par la naïveté de mes réflexions. «Vous voulez tuer l'Odéon, lui disais-je ! mais le code pénal ne permet l'homicide à personne. Pourquoi êtes-vous si méchant, et en dépit de votre physionomie qui annonce un homme si doux, si bon ! Tuer l'Odéon, mon cher monsieur, c'est tuer l'avenir de bien des auteurs. Le *Théâtre Français,* trop grand seigneur pour admettre les nouveaux venus, n'ouvre ses portes qu'aux grosses renommées. Vous ne pouvez pas ignorer qu'il avait fait fi de *Lucrèce.* Vous qui aimez tant cette tragédie, aimez donc aussi le théâtre qui fut son arche de salut. — « Allons ! me répondit-il, vous me gagnez, je ferai pour vous un extraordinaire ; j'irai à l'Odéon : j'accepte votre loge, mais mettez-moi d'abord au courant de vos difficultés judiciaires, car vous êtes l'homme aux procès. » Ceci fut dit avec un sourire d'une délicieuse bonhomie, et en ce moment, M. Rolle et moi nous étions des amis de vingt ans. Mon récit achevé, il me félicita de mon courage. « Il serait à souhaiter, me dit-il, que tous les auteurs eussent autant de tête, et qu'on donnât moins rarement de pareilles leçons à ces malheureux directeurs. Je raconterai dans mon feuilleton l'odyssée de votre pièce. » Mais l'administration et moi nous nous étions serré la main ; je le priai de ne faire aucune mention de ces querelles oubliées.

J'avais un exemplaire fort incomplet du *Lys d'Evreux ;* l'impression de l'ouvrage n'étant pas encore achevée. Je le lui présentai : « Ceci vous aidera, lui dis-je, si vous avez l'intention de faire quelque citation. » Il feuilletait déjà le livre, arrêtait ses yeux sur un vers, sur un autre ; laissant échapper des mots tels que ceux-ci : C'est bien , bonne expression, tournure élégante ; vous savez écrire. Il me donna la main , m'appela son ami, son fils littéraire, et le lundi suivant, je lus son affreux article !

J'ai bien le droit de dire, certes, que cet article était affreux! Découragé, accablé d'une douleur que concevra toute âme généreuse, je me disais: « Est-ce donc là la carrière des lettres? Cet homme, à mon premier succès, empoisonne la coupe de ma joie ! il flétrit d'un rire corrosif les éloges que j'ai reçus, si doux salaire de mes veilles ! Ma renommée naissante, il s'en empare, il la tient entre les serres de sa satire. Entre l'avenir qui me souriait et moi, s'élèvera l'obstacle du dédain, des risées publiques. N'a-t-il pas écrit ces mots: Que le public juge ! Il se doute bien que le public, ou par insouciance, ou par excès de confiance en sa probité, n'aura pas la pensée de réclamer contre son injustice ! Il se doute bien que le public sera son complice, et que si je veux reparaître dans la carrière qu'il m'a fermée , son mensonge triomphant s'élancera au devant de mes pas, et me dira : Tu n'iras pas en avant.

On n'aurait pas le droit d'accuser d'exagération ces inspirations prophétiques de la douleur. J'assistai le soir à une représentation du *Lys d'Evreux*, la salle montrait bien des vides : mon adversaire avait connu la portée de ses armes. L'Odéon était alors à l'une de ces agonies périodiques qui mettent si souvent en question l'existence de ce théâtre. Le directeur, suivant l'expression consacrée, voulait avant tout *faire de l'argent*. Il s'indigna d'une attaque aussi audacieuse, aussi déloyale; mais laisser au public le soin de ma vengeance ! Dans un siècle plus littéraire, pour triompher d'une telle solitude et reconquérir la foule, deux chefs-d'œuvre de la scène avaient eu besoin du secours du temps : c'étaient *Phèdre* et le *Misanthrope*. Le directeur regardait sa caisse béante; il ne pouvait pas attendre. De plus (les fatalités aiment à se suivre), il arriva qu'un soir, l'acteur chargé du principal rôle, fut frappé d'un coup de sang, en entrant en scène. Sa maladie fut grave. Je pris le parti de retirer ma pièce, me fiant en la providence; élevant aussi mon espérance vers le pouvoir, qui pour aider à la réparation d'une injustice, n'a peut-être besoin que de la connaître.

Il semble, Monsieur, qu'en confessant aussi hautement le mal que m'a fait M. Rolle, j'élève un trône à la puissance de ses feuilletons. Ai-je donc oublié quel noble dédain les hommes célèbres de chaque siècle surent opposer à l'aiguillon de la satire ! Est-ce qu'une seule des œuvres immortelles, qui font notre gloire et nos délices, serait venue jusqu'à nous, si la morsure du critique avait la vertu de donner la mort ! Notre époque diffère en cela de celles qui la précèdent. De telles calomnies se perdaient jadis dans quelques cercles, avaient une influence bornée par le temps. Elles se propagent aujourd'hui, aussi rapides que l'éclair, mais hélas ! beaucoup plus durables. Qu'elles s'attaquent à une gloire solide et mûrie par des succès, celle-ci peut dédaigner et sourire; qu'elles s'attaquent aux premiers essais d'un homme de lettres, il est renversé. S'il se relève, son adversaire, toujours armé de sa publicité terrible, accablera, brisera chacun de ses efforts; appellera à lui nombre d'auxiliaires qui, la pierre à la main, se disputeront le plaisir d'achever la victime : c'est ce que le *Constitutionnel* appelle défendre les droits de la presse.

Mais enfin, même parmi les journalistes, on trouve peu d'hommes qui fassent le mal pour le seul plaisir de le faire. Ce n'était pas de gaîté de cœur, que M. Rolle avait ainsi foulé aux pieds convenances littéraires, probité de critique. Suffit-il de répondre par ce mot, l'envie, mot qui, j'en conviens, donne la clef de bien des feuilletons ! A la hauteur où M. Rolle se place, on n'éprouve d'envie contre personne. Ajoutons qu'il faut être poète pour envier les succès d'un poète. Il faut être poète et M. Rolle dédaigne de l'être. Quand même on tiendrait pour vrai que le *Comte d'Eg-mont* lui ait dû le jour, cette pièce n'est pas l'œuvre d'un poète. Elle contient des rimes, des hémistiches, mais à Dieu ne plaise qu'on y prenne un seul vers en flagrant délit de poésie. M. Rolle est feuilletoniste : voilà ce qu'il est. Ce qui rappelle la devise des Rohan :

> Prince ne veux,
> Roi ne puis,
> Rohan je suis!

Hélas! c'est dans le *Constitutionnel* que M. Rolle est feuilletoniste; c'est du caissier de ce journal qu'il reçoit ses inspirations. Homme lige du *Constitutionnel*, M. Rolle, en certains cas n'a pas le droit de dire sa pensée. Il serait ravi d'être un critique consciencieux, intègre; ce qu'il était, en un mot, lorsqu'il siégeait parmi les Brutus, les Epaminondas du *National*. Mais le *Constitutionnel* se soucie peu de conscience et d'intégrité. Il veut des feuilletons qui soutiennent, avant tout, l'intérêt sacré du libéralisme. Permettez-moi, Monsieur, de vous citer deux passages du *Lys d'Évreux*, vous comprendrez pourquoi M. Rolle, sans être mu par l'envie, a dû montrer pour ma personne et mon œuvre un mépris.... qu'il ne sentait pas; je puis bien le mettre au défi de mépriser l'une ou l'autre.

> Celui que l'Univers ne saurait contenir,
> Qui n'a pas commencé, qui ne doit pas finir,
> Qui, d'un mot, dans l'espace, a suspendu les mondes,
> Et rendit du néant les entrailles fécondes,
> S'est consacré ce lieu, Rollon. Voici l'autel
> Où son fils, accessible au regard d'un mortel,
> Et nous apparaissant comme un agneau propice,
> De son auguste chair offre le sacrifice.

Autre passage :

> — Tu veux servir le Christ?
> — Je le veux. — Dans sa loi sais-tu ce qu'il écrit?
> — Je l'ai lue et l'admire. — Il faut l'aimer. — Je l'aime.
> — Consacre ton courage à te vaincre toi-même;
> Abjure ton orgueil et ta férocité;
> C'est peu de croire au Christ, il veut être imité.

> Peu jaloux d'ajouter à ta gloire sanglante,
> Ne va plus au combat que d'une marche lente ;
> Combats pour te défendre et non pour conquérir.
> — La France sous mes coups dut s'attendre à périr ;
> Je lui donne la paix. — A genoux, infidèle,
> Rends à l'Église un fils qui s'est armé contre elle :
> A genoux ! son pardon ne t'est point différé ;
> Pour l'avoir, il suffit qu'il soit d'elle imploré.
> Mais comment expier tant de sang, tant de larmes ?
> Comment laver l'horreur attachée à tes armes ?
> Du bois du Golgotha surgit un Rédempteur
> Qui des crimes de l'homme est seul expiateur ;
> Il se charge des tiens ; je vais donc t'en absoudre.
> L'Église désormais a déposé son foudre ;
> Entre l'enfer et toi sa grâce est un rempart,
> Et du sang de l'Agneau tu recouvres ta part.
> Du nom qui t'inspirait une rage homicide,
> Chrétien régénéré, sois la plus ferme égide.
> De débris et d'affronts nos temples sont semés ;
> Hélas ! à la prière on les a vus fermés ;
> Mais ouverts à l'insulte ! Indigné de ta gloire,
> Charge-toi le premier d'en flétrir la mémoire.
> Fais venir aux autels, par ta main reconstruits,
> Du néant de leurs dieux tes compagnons instruits.
> Relève-toi.

Ces vers (ils ne sont pas les seuls de ce genre que contienne ma pièce) ont été la cause de la guerre. Le *Constitutionnel* reconnut en frémissant qu'un poète religieux osait aborder la scène, et chose inconcevable ! osait s'y faire applaudir. Le *Constitutionnel* pouvait-il décemment supporter un tel scandale, en plein dix-neuvième siècle et sous le régime de la Charte !... A l'œuvre, M. Rolle ! vite un de ces feuilletons qui écrasent un homme ! laissez dormir pour cette fois votre goût, votre conscience et même votre esprit ; mordez, emportez la chair... Pauvre M. Rolle, qu'il a dû lui en coûter, et ce que c'est qu'un premier pas dans le chemin du crime !

En effet, M. Rolle entendit retentir à ses oreilles le terrible *marche, marche.* Le *Constitutionnel*, attaqué, condamné, voulut se défendre. « Encore un feuilleton ! » On s'aperçut en lisant ce second pamphlet que le malheureux feuilletonniste avait complètement perdu la tête ; ce n'est plus un écrivain, c'est à peine un homme. Il jette des cris de fureur qui ne paraissent pas sortir d'une bouche humaine ; il se rue sur le *Lys d'Évreux,* sur les juges, sur le Code ; la France, le monde, lui semblent menacés d'un cataclysme. Encore une fois, pauvre M. Rolle !

Il n'était pas à bout de ses douleurs : la Cour royale de Paris versa quelque baume sur ses blessures ; mais la Cour de cassation refusa d'admettre en principe que la critique de M. Rolle fût infaillible. Renvoi devant la Cour royale d'Orléans, et l'on sait ce qui s'en suivit. Le *Constitutionnel* avait en vain chargé de sa défense l'aigle du barreau de la province. Il est des causes où les aigles eux-mêmes se traînent à terre, et M. Genteur en offrit la triste preuve. Comme dédommagement à son discours, on eut le plaisir d'entendre M. le procureur-général Corbin, dont le discours peut prendre date dans les fastes de l'éloquence. Le *Constitutionnel* négligea de l'insérer dans son compte-rendu ; même silence à l'égard des parties les plus saillantes de la défense de M. Johannet. Chacun est bien le maître d'entendre la probité à sa manière.

Ne permettra-t-on pas enfin au public de voir, de juger cette pièce, qui ne manque pas d'imperfections, sans doute, mais qui est si loin de ressembler au portrait ridicule qu'en ont fait mes adversaires ! Éloignée de la scène, elle n'avait aucune arme pour se défendre ; si elle y reparaissait ! quel triomphe ce serait pour la cause des lettres ! Je dis pour la cause des lettres, qui n'a pas de plus mortels ennemis que ces prétendus défenseurs. Il est parmi les feuilletonistes d'honorables exceptions, sans doute, et si je n'en convenais pas hautement, je manquerais aux devoirs de la reconnaissance. Mais le bien que peuvent produire quelques feuilletonistes probes et instruits, compense-t-il le mal immense causé par ces esprits haineux, envieux, qui s'attachent à toute œuvre qui sort de l'ombre ; qui ne peuvent laisser en re-

pos aucune réputation acquise par des voies licites. Insectes
malfaisants, que n'arrêtent ni les sévérités de la loi, ni le dégoût des gens honnêtes ; qu'on s'indigne de combattre ; on serait
si heureux de se borner à les mépriser ! mais leur nombre les rend
si dangereux !... Je suppose que le *Lys d'Evreux* soit un ouvrage
digne des applaudissements du public ; se plaindrait-on de l'acte
d'autorité qui lui réouvrirait les portes de la scène ? Le public dont
le sens est ordinairement si droit (chaque fois du moins qu'il
est rassemblé), ne serait-il pas reconnaissant de cette sollicitude
éclairée pour la cause des lettres ? N'aurait-il pas quelque plaisir
à voir l'humiliation de mes détracteurs, et la leçon que rece-
vraient avec eux les journalistes qui les imitent, ne profiterait-
elle pas à la presse ? J'ai toujours eu l'idée que si la presse doit
périr, ce sera par les excès de ses écrivains. Je ne me le dissi-
mule pas ; le *Lys d'Évreux* ne reparaîtra au théâtre, que si
tel est le bon plaisir du pouvoir. Ce mobile, d'où les journaux
tirent toute leur force, la peur de l'injure, met aux pieds de
mes adversaires tous les directeurs de théâtres. Flétri à cause
de moi par trois arrêts qui donnent à sa critique le nom d'in-
juste et déloyale, le *Constitutionnel* veut, devant son public,
sauver son orgueil et ce qu'il appelle sa dignité. Donc, il ne
souffrira pas que je puisse donner un démenti à ses injurieux
pronostics ; donc ma réputation doit, selon lui, rester ensevelie
sous une avalanche de calomnies et d'insultes. Il me suit des
yeux ; il m'observe. Si je frappe à un théâtre, le directeur m'a-
vertit par sa figure glaciale, que mon habile ennemi m'a déjà
prévenu. Les mots, mal avec la presse, autres *Mané, Tekel,
Pharès*, semblent écrits sur la muraille. J'apporterais une
Athalie, que je la verrais repousser avec une espèce de ter-
reur. J'ai recours à vous, Monsieur ; c'est vous que je conjure
de tendre à mes espérances une main amie. N'oubliez pas qu'en
cherchant à tuer le *Lys d'Évreux*, le *Constitutionnel* a voulu tuer
un avenir. Je vous dirai plus tard, si vous voulez bien que j'en
aille causer avec vous, ce que, dans cette circonstance, vous
pourriez faire : vous verrez que ce serait toujours vous dévouer

à la cause que vous défendez si noblement, et avec plus de bonheur que moi, car vous, Monsieur, on vous écoute, on vous admire, on se passionne pour vos discours.

J'allais clore ma lettre, déjà bien longue peut-être ; la pensée me vient de vous communiquer (ce ne sera point un hors d'œuvre), un petit fragment de critique d'après le système Rolle. Il vaudra bien le premier article que ce personnage fit contre le *Lys d'Évreux*. Ce petit fragment, le voici :

Pauvre scène française ! dans quel abîme de douleurs te voilà plongée ! Tu attendais un poète ; il allait paraître ; il avait paru ; déjà l'ombre de Corneille tressaillait de joie et ton caissier d'espérance ; hélas !

Comment vous raconter cette catastrophe ? Pleurons de concert sur le malheur qui vient de frapper la France et l'Europe.

Le poète, le grand poète, ne fait pas jouer sa tragédie !

Ne vous plaignez pas si je prodigue les hélas !

Il est vrai que dans cette vaste infortune, une consolation nous reste. L'œuvre est imprimée ; je l'ai sous les yeux ; je savoure le parfum de ses fleurs, car de tels vers sont des fleurs et quelles fleurs!.. vous verrez s'il en poussait de pareilles dans le parterre de Racine. Encore un hélas !

Le plan, je vous en préviens, n'est pas de ces plans que l'on comprend tout de suite.

L'auteur, dans sa préface, engage les lecteurs qui voudront saisir son idée mère, à se plonger dans la réflexion. Mon plongeon dure depuis deux heures, et je n'ai rien saisi, ni idée mère, ni idée fille. Mais les vers d'un tel poète ont-ils besoin de représenter des idées !

Dans sa première tirade (l'auteur procède par tirades, et il a raison ; il se rapproche des grands maîtres qui faisaient fi du dialogue concis et rapide) j'ai remarqué d'abord ceci :

> Le peuple saint en foule inondait les portiques

puis ceci :

> Votre amour pour la religion,
> Est traité de révolte et de sédition,

Reposons-nous pour admirer... et nous plonger dans la réflexion. Le peuple saint !

En nous plongeant, nous découvrirons peut-être quel est ici le sens du mot et s'il signifie sainteté ou ceinture ; moi, je suis pour la ceinture. On nous représente un peuple en train d'arroser ; des robes flottantes seraient gênantes pour ce genre de service public ; j'oubliais de vous dire, qu'au temps où l'action se passe, le peuple est en robe. Oh ! le poète choisit ses sujets ; il aime les époques à effets grandioses ! donc, j'adopte l'orthographe c. e. i. n. t. et prie le prote du grand poète de ne plus faire à l'avenir de semblables fautes.

Et ces vers d'une simplicité antique :

> Votre amour pour la religion,
> Est traité de révolte et de sédition,

Voilà ce qu'on gagne à être dévot; apprenez cela et que la leçon vous serve; elle est mise à la portée des intelligences les moins lettrées. Ici, le dieu devient homme et le poète écrit en prose.

Voici un vers, par exemple, auquel vous ne reprocherez pas de manquer de couleur :

> Et par là de son fiel colorant la noirceur,

Hein ! trouvez-vous que le poète soit un habile coloriste? Colorer la noirceur du fiel !

Aussitôt après :

> Le jour qui de leurs rois vit éteindre la race,
> Éteignit tout le feu de leur antique audace.

Bravo, bravo, jeune successeur de Racine.

Mais, à l'avenir ne donnez pas autant de besogne à vos sujets de phrase; c'est assez pour un jour d'assister à l'enterrement d'une race, sans être forcé de courir aux pompes et d'éteindre le feu d'une audace.

> Le ciel même peut-il réparer les ruines
> De cet arbre séché jusquès dans ses racines?

Evidemment, le ciel peut tout; l'auteur veut-il nous faire croire qu'il en est ainsi d'un poète. Je ne sache pas que jusqu'à lui personne se soit avisé de contraindre un arbre à avoir des ruines. Allons, cher auteur, vos autorités.

> Puis-je vous demander
> Quels amis vous avez prêts à vous seconder ?

Trop heureux de trouver deux de vos vers pour vous formuler ma requête. Quels sont les poètes qui jusqu'à vous... fi donc ! avez vous besoin qu'on vous devance? vous créez une expression; c'est user de votre droit. L'expression est belle, hardie, harmonieuse; elle est tout cela, puisque vous l'avez créée. Lecteurs, tenez-vous pour avertis; je me réserve d'envoyer une note aux éditeurs du Manuel d'horticulture. « Les arbres peuvent tomber en ruines. »

Ce sera pour l'auteur un triomphe, mais il le recevra avec une douce modestie, il nous touchera par

> Sa pudeur
> Où semble de son sang reluire la splendeur.

Oh ! ce que c'est que d'être poète, et grand poète, et dites maintenant que la poésie n'est pas le langage des dieux. Est-ce sur la terre qu'on verrait une splendeur qui semble reluire dans une pudeur. Non; réservons cela pour le ciel, contentons-nous, modestes humains, de goûter, de savourer des vers tels que celui-ci :

> Je tremble; hâtez-vous d'éclaircir votre mère.

XVI

Il se présente une difficulté ; une personne qui tremble a-t-elle besoin
qu'on l'éclaircisse ?

Ne serait-il pas plus avantageux pour elle qu'on lui offrît un flacon
d'éther ou un siége ? Et puis, s'il est dans l'usage d'éclaircir soit un flam-
beau, soit une glace, soit une pendule, trouvera-t-on qu'il soit très res-
pectueux d'éclaircir une mère. Lecteurs, cette difficulté me tourmente.

De ce souvenir mon âme possédée
A, deux fois, en dormant revu la même idée.

Béni soit mon poète de me fournir des vers pour toutes mes pensées.
J'insiste ici ; nous venons de faire une découverte. Mon âme en dormant...
Oublions tout ce qu'on nous a dit sur la théorie du sommeil : nous pen-
sions que l'âme ne dormait pas, et pour preuve, nous avions les rêves. Du
tout : mon âme en dormant, et mon âme voit une idée ; on ne lui contes-
tera pas, certes, d'être douée d'une excellente vue.

Je n'ose pas continuer, par respect pour le grand Racine. Inu-
tile d'ajouter que les vers ici critiqués sont textuellement tirés
d'Athalie. Il ne serait pas difficile en se montrant fidèle au système Rolle de s'amuser ainsi de deux ou trois cents vers extraits
de cet immortel chef-d'œuvre. Que l'on juge par là à quel point
cette sorte de feuilletonnistes est utile aux lettres, et combien la
Cour de cassation, la Cour royale d'Orléans, sont coupables. Encore, vous remarquerez, Monsieur, qu'ici les vers ne sont ni dé-
naturés, ni falsifiés. Tous ceux que M. Rolle a cités comme extraits
de la tragédie du *Lys d'Évreux*, ont subi des altérations volon-
taires, et qui (l'arrêt de la Cour d'Orléans le dit expressément),
avaient pour but de livrer au ridicule la pensée de l'auteur.

LOYAU DE LACY.

    Imp. de MAULDE et RENOU, rue Bailleul, 9-11.